CW00766370

I C.C., J.B., S.A.F. a phawb sy'n adeiladu eto

Cyhoeddwyd yn 2023 gan Wasg y Dref Wen,
28 Heol Yr Eglwys, Yr Eglwys Newydd, Caerdydd CF14 2EA,
ffôn 029 20617860.

Cyhoeddiad Saesneg gwreiddiol 2019gan Scallywag Press Ltd
10 Sutherland Row, Llundain SW1V 4JT
dan y teitl *The Rabbit Listened*.

Cyhoeddwyd drwy drefniant gyda Dial Books for Young Readers,
argraffnod o Penguin Random House
Cyhoeddwyd gyda chymorth ariannol Cyngor Llyfrau Cymru.

Argraffwyd yn China

GWRANDAWODD Y GWNINGEN

THE RABBIT LISTENED

GAN

CORI

DOERRFELD

ADDASWYD GAN ELIN MEEK

Un diwrnod, penderfynodd Ceri adeiladu rhywbeth.

One day, Ceri decided to build something.

Rhywbeth newydd.

Something new.

Rhywbeth arbennig.

Something special.

Rhywbeth anhygoel.

Something amazing.

Roedd Ceri mor falch.

Ceri was so proud.

Ond yna, allan o unman …

But then, out of nowhere …

cwympodd popeth yn deilchion.

things came crashing down.

Yr iâr oedd y gyntaf i sylwi.

The chicken was the first to notice.

"Clwc, clwc! Dyna drueni!
Dwi mor sori, sori, sori i hyn ddigwydd!"

"Cluck, cluck! What a shame!
I'm so sorry, sorry, sorry this happened!"

"Gad i ni siarad,
siarad, siarad am y peth!
Clwc, clwc!"

"Let's talk, talk, talk about it! Cluck, cluck!"

Ond doedd Ceri ddim yn teimlo fel siarad.
But Ceri didn't feel like talking.

Felly, i ffwrdd â'r iâr.
So the chicken left.

Nesaf daeth yr arth.

Next came the bear.

"Grarr! Rarr! Dyna ofnadwy! Rwy'n siŵr dy fod ti'n teimlo'n wyllt gandryll! Gad i ni weiddi am y peth! Garrr! RARRR! GRAAAAR!"

"Grarr! Rarr! How horrible! I bet you feel so angry! Let's shout about it! Garrr! RARRR! GRAAAAR!"

Ond doedd Ceri ddim
yn teimlo fel gweiddi.

But Ceri didn't feel like shouting.

Felly, i ffwrdd â'r arth.

So the bear left.

Roedd yr eliffant yn gwybod yn union beth i'w wneud.
"Trwmpa-da! Fe gywira i hwn!
Mae angen i ni gofio yn union sut roedd pethau."

The elephant knew just what to do.
"Trumpa-da! I can fix this!
We just need to remember exactly the way things were."

Ond doedd Ceri ddim yn teimlo fel cofio.

But Ceri didn't feel like remembering.

Felly, i ffwrdd â'r eliffant hefyd.

So the elephant also left.

Dyma nhw'n dod, fesul un.
One by one, they came.

Yr hiena: "Hi-hi!
Gad i ni chwerthin am y peth!"
The hyena: "Hee-hee!
Let's laugh about it!"

Yr estrys: "Llyncu!
Gad i ni guddio ac esgus
na ddigwyddodd dim byd!"
The ostrich: "Gulp!
Let's hide and pretend
nothing happened!"

Y cangarŵ: “Tsc tsc.
Dyma lanast!
Gad i ni daflu’r cyfan!”

The kangaroo: “Tsk tsk.
What a mess!
Let’s throw it all away!”

A’r neidr: “Shhhhh.
Gad i ni fynd i greu llanassst
i rywun arall.”

And the snake: “Shhhhh.
Let’ssss go and knock down
someone else’ssss.”

Ond doedd Ceri ddim yn teimlo fel gwneud dim gyda neb.

Felly, yn y pen draw, i ffwrdd â nhw i gyd …

But Ceri didn't feel like doing anything with anybody.
So eventually, they all left …

nes bod pawb wedi gadael Ceri.

until Ceri was alone.

Yn y tawelwch, sylwodd Ceri ddim
ar y gwningen hyd yn oed.

In the quiet, Ceri didn't even notice the rabbit.

Ond daeth hi'n nes,
ac yn nes.

But it moved closer,
and closer.

Nes bod Ceri yn gallu teimlo
ei chorff cynnes.

Until Ceri could feel
its warm body.

Eisteddon nhw mewn tawelwch
gyda'i gilydd
tan i Ceri ddweud,
"Arhosa gyda fi, plîs."

Together they sat in silence
until Ceri said,
"Please stay with me."

Gwrandawodd y gwningen.

The rabbit listened.

Gwrandawodd y gwningen
wrth i Ceri siarad.

The rabbit listened as Ceri talked.

Gwrandawodd y gwningen
wrth i Ceri weiddi.

The rabbit listened as Ceri shouted.

Gwrandawodd y gwningen
wrth i Ceri gofio …

The rabbit listened
as Ceri remembered …

a chwerthin.

and laughed.

Gwrandawodd y gwningen ar gynlluniau Ceri i guddio …

The rabbit listened to Ceri's plans to hide …

i daflu popeth …

to throw everything away …

i greu llanast i rywun arall.

to ruin things for someone else.

Drwy'r cyfan i gyd, adawodd y gwningen byth.

Through it all, the rabbit never left.

A phan oedd yr amser yn iawn, gwrandawodd y gwningen ar gynllun Ceri i adeiladu eto.

"Dwi'n methu aros," meddai Ceri.

And when the time was right, the rabbit listened to Ceri's plan to build again.
"I can't wait," Ceri said.

“Mae’n mynd i fod yn wych.”

“It’s going to be amazing.”